U0735675

告别的季节

施思原／著

中国广播影视出版社

图书在版编目（CIP）数据

告别的季节 / 施思原著 . —北京：中国广播影视出版社，2023.1

ISBN 978-7-5043-8938-1

Ⅰ. ①告… Ⅱ. ①施… Ⅲ. ①诗集－中国－当代 Ⅳ. ①I227

中国版本图书馆 CIP 数据核字 (2022) 第 215173 号

告别的季节

施思原　著

责任编辑：任逸超
封面设计：施劲松
责任校对：龚　晨

出版发行：中国广播影视出版社
电　　话：010-86093580　010-86093583
社　　址：北京市西城区真武庙二条 9 号
邮政编码：100045
网　　址：www.crtp.com.cn
电子信箱：crtp8@sina.com

经　　销：全国各地新华书店
印　　刷：三河市龙大印装有限公司

开　　本：880 毫米 ×1230 毫米　1/32
字　　数：80 千字
印　　张：5.25
印　　次：2023 年 1 月第 1 版　2023 年 1 月第 1 次印刷

书　　号：ISBN 978-7-5043-8938-1
定　　价：40.00 元

序一 诗开始的地方

《告别的季节》收录了思原从2015年至2022年，也就是从小学高年级至高中毕业这段人生重要成长时期的诗歌习作。当思原于2015年2月26日在家中卫生间墙上悄悄贴出她的第一首诗《忆长安》的时候，当时的我尚未意识到，诗会成为伴随思原成长的重要表达方式。作为与孩子朝夕相处的人，引发思原写诗背后的“事件”、人物和场所我大抵是知道的，但读诗之后又能明确意识到，这些诗歌习作超出了那些“事件”和人物，它们仅只是诗的灵感来源或写作契机，诗性想象和对语言极致的探索才是成就这些少年之作的原因。每次读思原诗作，早年学习过的文艺理论中诸如“物不平则鸣”“诗穷而后工”“欢娱之词难工，愁苦之词易好”的说法都会自然地涌上心头。每个人的内心都会经历这样那样的波澜，它们都有可能成为“不平”的动因，人与人的不同在于

表达方式的差异。思原及时捕捉到了生活中的细节和内心的波澜，甚至在紧张备战高考的时候，她也能从地理试题中的一个地名或历史试题中的一张图片找到灵感，并把内心的思绪记录下来。这本诗歌习作是思原对自己成长岁月的记录，是属于她自己的青春纪念。

作为母亲，心底最真切的愿望是希望孩子一生平安、喜乐。通览《告别的季节》的时候，数次回忆起了故事发生时的情境，其时我是多么希望思原不要这样敏感多思，但理性告诉我不能这样。因此，在这“告别的季节”，我愿借尼采所说的 amor fati（热爱命运）与思原共勉，祝愿思原勇敢踏上独立探索世界的道路，在珍视自己内心感受的同时，把目光投射到更广阔的世界，经千锤百炼成长为一个内心强大的有趣灵魂。

母亲 王齐

2022 年 7 月 18 日

序二　写给思原的诗

剑桥（2013 年 6 月 24 日）

康河轻轻划过
剑桥的塔楼
耸立在雨后的天空
透过那铅云般的厚重
我看到长大的长春藤
掩映在万绿丛中

七月（2019 年 7 月 4 日）

让我心中念念的
是你经过的每个地方

远远地

都留在了七月和烈日里

从此我留意沙沙的杨树声

想象廊道里的绿萝

小街上斑驳的字迹

和你拉长的影子

成为我自己的

记忆

父亲 施劲松

目　录

时光的眼泪

往日的歌声

渐渐远去

往日的身影

渐渐模糊

每逢月夜

我总会祈愿

那个严冬的早晨

能再回来

然而此刻

春雨洒落大地

像那凝固的

时光的眼泪

黄昏吞没了最后的日光

有谁能在

跳动的音符中

看见

往日的情景

我只愿不断追寻

心中最美的愿望

月光照耀大地

万物寂静

绝对寂静

2015.3.24 写于首次大提琴考级失利之后

布谷鸟

初夏的清晨

阳光金灿灿

又是一个平凡

而美丽

的开端

不知是何时

不知从何处

传来一声

布谷鸟的叫声

那是最动听 最动听的

初夏之歌

2015.6.1

二月兰[①]

一朵二月兰

在初春

微微发青的

土地上

她的笑容

极浅极浅

在阳光中含苞待放

二月兰就是我心中

春的希望

2015.6.1

① 本诗2015年发表于“教育圆桌”微信公共号。

青春之歌

只有镜子里的我

才能读懂我心中

所思所想的

一字一行

往日细碎的身影

已经离我们远去

而今宵

不免回忆

有多少愿望

因没有勇气

而付诸东流

2015.6.2

雨中丁香[①]

夜晚的长安街

被华灯

照耀得无比辉煌

一株紫丁香

在春雨中

绽放

丁香上的雨点

是那大自然的眼泪

雨中飘着一股

淡淡的芳香

2015.6.2

① 中山音乐堂听谭盾打击乐协奏曲《大自然的眼泪》，散场后天突降大雨。

日光大道

我知道
前方
有一条叫日光的大道
向前走
走到那
阳光照射的金色的
麦田上

前方早已不是
金色的麦田
平静的水面上
忧郁的歌谣
是今宵
古老的桥

2015.6.6

无题

沉默！

绿树似乎无言地

舍弃茂盛

忍受着昏暗的挤压

只有当风雨

深深地浸入

灵魂才能燃烧

吐出光和力

2015.7.2

漩涡

——学习数论之后

我看见一个无底的漩涡

犹如进入了层层迷雾

难见一丝希望的曙光

几束闪电挣破朦胧的大气

照着我模糊的身影

我的双手在幽暗中摸索

摸索那并不知名的事物

2015.7.15

惑

黄昏

起雾了

沉沉的

浓得化不开的黄光

挡住视线

一只断线的风筝

在孤独的电线杆上

摇晃

随晚风飘落

谁人知晓

它的去向

2015.7.24

灵感

如同一阵风

在窗前 我指点

西边晴朗的天空

晚霞金红

宛若一个梦

诗作是我的灵魂

静寂是朦胧

我的心是西边的晴空

2015.8.10

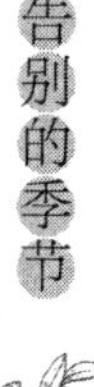

唱给你的歌

——写给我的大提琴老师

我看见

你逐渐的衰老

和你

发上的岁月

我不舍得与你分别

也并非不再重逢

我想

我的青春

将永远

永远地深藏在你心中

有如

绿树葱茏

洁白的杏花

照映着晴朗的天空

2015.8.18

忧伤的歌

——演奏埃克尔斯g小调大提琴奏鸣曲有感

秋天的雨变得清凉

看不见天边的日光

愿告诉南飞的大雁

我的彷徨

走过幽暗的小巷

一只鸟儿也不愿歌唱

窗前的丁香微微摇曳

幻想着你的影子

渐渐映在我心上

2015.11.15，2016.1.22 定稿

秋夜短歌

每个人

每一刻

都依偎在

大自然的怀抱

每阵风

每片叶

发出最后的叹息

这是寂寞无主的

秋夜

2016.1.22

心中的彩虹

——写给数学家

我心中
最美的彩虹
在风雨后
不再清晰
不再绚丽
一抹朦胧的色彩
留在我的心底
凋零的花
破碎的叶
空旷的麦田
雨中的小调
在梦幻中我看见
通向远方的路
一条，一条……

2015.7.26，2016.1.22 定稿

观音山①

昆明的冬日

天蓝得透明

我在白玫瑰

盛开的瞬间走来

空寂的观音山中

只有旁人沉重的脚步

我无言地抬头

仰望日光下泛白的尤加利树

2016. 清明，2017.1.21 定稿

① 2016年春节到昆明观音山公墓，祭奠与世长辞的奶奶。

心境

依稀记得昔日静谧的夜

我坐在窗前

倾听秋虫鸣唱 静中沉淀

诗的汁液 酝酿梦的沉香

曾有那美妙的瞬间

你 闪现在我眼前

身着素色的衣裳 有如

昙花一现的幻影 就像

有着智慧与纯洁之美的精灵

我在迷雾中睁开双眼

穿过不知名的街道

遇见素不相识的行人

谁在呼喊你的名字

谁在盲目又焦灼地追赶

谁在寻找奇迹

我独自一人

伫立在院落

眺望远方金黄的银杏

你怀揣坚定的心

在等待

天边飘浮不定的云彩

梦中传来你的低语

你的恬静

是初冬第一片雪花

落上路边的冬青

落上静默无声的喷泉

待到万物复苏的时刻

你 又闪现在我眼前

身着素色的衣裳 有如

昙花一现的幻影 就像

有着智慧与纯洁之美的精灵

2017.1.1

梦

——《心境》花絮

我忘却了往日

也许我写下的

是梦境

此刻的我

是泥潭里的白莲

在雾霾后

向布满星星的天空说话

往日仅仅是一场梦

2017.1.1，1.21 定稿

沈园的雨

雨，悄悄来了

敲打十月的窗

我从南国的馨香中醒来

从重逢的梦中醒来

沈园里，点起微弱的晨光

孤独者漫步人群中

人群亦孤独

细雨霏霏，那是

唐婉姑娘的泪

谁和她

在相视的片刻

留下一个传奇

2016.10 于绍兴，2017.3.4 定稿

滨河路

我喜欢在护城河畔的
山桃和紫叶李前驻足
静默地，让不经意间
到来的春天留步
唯恐寒潮来时
春伴随一场花瓣雨
骤然离去。

我喜欢漫步在滨河路
看连翘花的金黄
在三月的小雨中
点染、融化
听草坪上踏青的喜鹊
在树下吟唱

我喜欢凝望庭前

那一簇簇黄榆梅

想必每个闪过的瞬息

终将深埋于岁月的土壤

变作琥珀，凝聚了

回忆的点滴

我愿将灵魂化作

在火中重生的凤凰

2017.5.13

故乡[1]

——改自鲁迅作品《故乡》

当我仰望着

庭院四角的天空时

他，沿沙地走来

为我展开一幅神异的图画

一轮金黄的圆月

一片碧绿的瓜海

还有，在瓜海中穿行的

戴毡帽和银项圈的少年

二十年后的严冬

两千里外的荒村

当我乘乌篷船

① 本诗于2017年获第七届“书香燕京——北京市中小学阅读指导活动”征文初中组一等奖。

逆着时光的风向来时
只有寒冷又阴晦的天气
试图唤醒尘封的记忆
我终于远离了苍黄的天穹
又忆起那幅图画
它在褪色时消失
破裂之后重现
想他和我相遇时
是否会依然记得
昔日向往大海的我

他，又无言地向我走来
也许，是淡忘了那幅图画
他以松树皮一般的手
颤抖着，捧起沉重的烛台
“你可曾用五彩的羽毛
编织五色的梦
你可记得曾用贝壳
为我送来海的涛声……”

我只有将祝福别上

他那件单薄的棉衣

因为我知道，每一声呐喊

终将成为飘渺的回声

他的背影渐渐远去

在飘过漫漫长夜时

或许没有灯火

愿星光在孤寂的夜晚中

守望他无尽的航程

2017.8.7 于杭州

冬至

今晚 我走过最长的黑夜

看如海浪般翻滚的云

季风已经过去

一阵大洋的暖流

让漂浮的云 找回天上的归属

它在遥远的地方

恳切询问我的去处

然而 我找不到自己的路

在我的路上

长夜 连着日暮

2017. 冬至

西行

暗影 悄无声息地向四周缓慢爬行

潮湿的 挤压着墨镜的光线

汇聚成火焰 燃烧平原上枯黄的秸秆

烟雾 弥漫在太阳 月亮 星辰

已凝固的空间 无力的寒风

试图穿透某种金属介质

伴随呼啸的回响

还有那不和谐之乐音

我越过镶嵌在菜畦中的黄土沙丘

踏上秋日的路途

一只断线的纸鸢在天上飘

路上 我失去了可以依傍的事物

陨石 盘旋在大气层中

在漫漫银河系前行的我

只有静止的永恒 如果

将我的旅程以光年计算

那么 我需要

在脚步声平息之前

在乌鸦的叫声停止之前

在每一扇门关闭之前

在长夜来临之前

沿着岔道寻找

沉落在枯井里 又

只有我看得到的北斗星

我在荒地外平缓的路上

忽然失足跌倒在田埂

岩浆 在心中沸腾 翻滚

化作红色的烟花

我恍然间发现 黑影

是太阳独有的光

一丝清新和甘甜

浓缩在杂草的气息里

雾 将玻璃窗融化

留下透明的窗棂 就像

乡间隐士的护身符

守望你 守望我

守望自然赐予世间的秋日

2017.11，12.24 定稿

内务部街

我沿种满梧桐的街道而来
倒塌的门牌与沥青之间
留有我姗姗来迟的脚步
沉淀在寒气中的浅灰色
宛如水墨画中 朔方冬日
落有尘埃的雪花飞舞

雪埋没匆匆而过的人影
假山 瀑布和喷泉
还有那干瘪的松果
我呼喊的回声 愈加空灵

2017.12.26

三十年后的一夜

我幻想三十年后的一夜
在香槟酝酿的欢愉喷发的瞬间
灯光散发着百合热烈的馨香
你起身向我举杯 那一刻
时光仿佛静止 我与你回忆
珍藏了多年的往事
我注视着灯下的你
随和 又带几分端庄

我想你会依稀记得
那年的深秋我遇见了你
我在南方向往北方的城市
你在北方呼唤我的名字
你向我走近 走近
在一尊高大的汉白玉雕像旁
你我交织在一起的目光

和秋阳的余温相融
我的脸上带着矜持的笑
你说 我的心中
藏有一本珍贵的史书
我至今记得 你轻柔的语调
有如印象派描绘大海的旋律
绵延在山间十月的天空

你或许还记得 从那以后的我
试图走向更远的地方 严冬里
我伫立在赤裸的银杏树前
你说 那落在枝头的鸟儿
是一片叶 每一片叶
是一个鸣叫的、跳跃的音符
为深蓝的天穹奏响一支歌
冰冷的月光 将一束束
桔黄的光线揉碎 像微弱的星辰
洒在我的影子上 夜里
你在灯下守望前行的我
我知道 你在寒冷的角落守望

每一位试图向远方走去的旅人

你一定不会忘记
当午后的阳光从屋檐斜射下来
泛白的冬青上尘埃洗尽
在道路旁的阴影里沉默
你引领我绕过那斑驳的砖墙
在古老的匾额下 你指点
道路尽头白色的建筑
是我未来的归属

记忆中的你 最喜欢穿着
一身明艳的衣裳
感谢你三十年前的守望
曾在严冬里给予我
一颗静待花开的心
此刻你在倾听我的回忆
我在注视灯下的你
随和 又带着几分端庄

2018.1.21，2.4 定稿

回家

北方的阳光夹杂寒意
在起伏的旅程中 我穿过
透明的云层抵达春城
是谁 藏在绚丽的花坛旁
歌唱《艺术家的生涯》[1]
我迈着轻快的步伐
高原的风中 温暖在流淌

汽车驶过盘旋的桥
空旷的蓝天
红土地上的尤加利树
路边繁茂的草
街角似曾相识的树

---

① 出昆明长水机场时，喇叭里传出歌剧《艺术家的生涯》中的咏叹调“冰凉的小手”。

春天 藏匿在高山与高山之间

文林街上碧绿的爬山虎

掩映着翠云楼的窗棂

翠湖畔的海鸥停歇在

二月里第一树盛开的玉兰旁

穿过青云路 我轻叩家门

窗外随风飘落的叶 忽然间

让幽暗的角落充满光明

2018.2.14 于昆明

夜行者

身着朴素的衣裳

在走廊之间穿行

我拾起散落的书籍

如今 在僻静的角落

与运动的画面中

飞溅的水花 将记忆

撒落在蓝色的碎屑里

记得在穿过

潮热的植物丛林之后

我将一个古老的名字忆起

我看见夜行者的身影

在河边奔跑 寻找黎明

2018.3.19

惶惑

夜来了 颤抖的文字

从浓雾与云层间划过

护城河畔的乐音

抚平黑色长衫躁动中泛起的褶皱

怪异的光束穿透冰冷的墙

在混合的色彩与图案中

是谁的身影 转瞬间

成为我记忆中的惶惑

2018.3.29

四月的冷雨

四月的冷雨中
嫩绿的草色
在水雾的丝帘间流淌
我从湿润的粉玉兰旁走过
看它们在雨的洗礼中生长
沉重的伞 为我撑起一片天空

2018.4.3

宫女

大殿倾斜的屋檐
即将随前朝的钟声倒塌，
在松柏的枝条折断的瞬间，
散落的斗拱，
让百年堆砌的华丽灰飞烟灭。
她青春年少，
误入高墙与深宫，
将插在发簪上的希冀
遗落在冰冷的金水桥上。

在藏经楼旁的古柏下，
她无神的眼里含有一丝光亮：
曾终日在殿阁与宫室间穿行，
却不曾想过，可以走在自己的道路上；
她透过枝条的缝隙望见中轴线，
便开始“忘记”自己一度卑微的身影。

她从未见过秋天的颜色，

深宫之外有着那不一样的

花、叶、草、木

还有，她喜欢的一片恬静的树林。

她轻声嗟叹：这不是秋天的颜色

而是交融心底的色彩。

她将零星的落叶制成花献给自己，

此刻，忽然泪洒前襟。

2017.12.8 凌晨写于首次参观故宫之后

2018.5.16 定稿

祈愿

我曾拥有一段消逝于记忆的春天，
冷淡的空气在喧嚣中翻滚，
我藏身于无数高大的身影之间。
行走在午后的雾霭中，我看见
窗前着色的枝条浅淡却明艳。

我从晦暗的街角走过，
抗拒着骤然而来的风。
忽而忆起一座古寺里，
树下的积雪 在腊梅花
散发的温暖中静静融化；
文殊殿里唱经的音乐
让昏黄的光束充满幽静。
我曾在白鸽掠过头顶时，
写下珍藏已久的心愿；
我曾在青香燃烧的烟雾中，

凝望香炉前的莲花灯。

古城的落日宛如染色的雾，

我在雾中急切地寻访

一个遥远的、已消失的事物。

我等待着一场雪中的雨，

然后在窗前写下属于我的书。

2018.3.16，5.16 定稿

彼岸

湍急的河流过山崖间,
苍翠的绿色渗透阵阵阴冷。
在独木舟划过渡口的瞬间
水面风平浪静;
众多虚无的身影欲渡彼岸,
因为他们相信：普渡众生。

交错的河道直通黑色的海,
彼岸种满菩提树;
黑暗中的守夜人
静默地，向心中的佛祈福。

2018.4.28，5.16 定稿

夏日

炽热的月季让灰暗的天空苏醒，
槐花的馨香中凝聚着水汽。
杨花飞舞的时节刚刚过去，
迎来满树盛开的泡桐。
鸟儿在即将展翅高飞前
停留在树梢，似乎恳请云彩
遮掩它初次飞行途中的秘密。

石柱包围的学院
宛如中世纪的城堡，
第一束日光穿透云层
照耀着石阶上的白衣少女。
小溪从路旁流过，
寂静中的蛙声里
好像在诉说一个遥远的梦。

2018.5.6 写于游览清华园后，5.16 定稿

日出

我在青蓝色的天空下等待黎明，

太阳升起的瞬间，

温暖的晨雾在风中

融化了黑夜。

伴随进行曲的旋律

神秘的光辉洒向世界。

2018.5.16 写于随二中分校观天安门广场升旗后

五月

苦涩的茶水
冲洗着五月的天空，
雨后空气中细沙的余温
不经意间触发了我的隐痛。

我的眼如同凝聚着
一团暴风雨前的乌云；
踏在灼热的砾石上，
我将自己的面容
遮掩在一层轻纱里；
心中执着的念想
成为永远的秘密：
我向往星空，尽管相隔的
距离遥不可及。

狭窄的道路上，
黑暗无情袭来，

微弱的星光

让我心中沸腾的恐惧

渐渐冷却。

星空是希望，仰望星空

我的眼前豁然开朗。

总是小心翼翼，

惧怕看见路的尽头。

我在梦中落下了悬崖，

隐隐约约看见天上的景象

宛如海市蜃楼。

记忆中有暴雨滂沱的一夜，

让初夏的花朵凋谢。

雨后晴空万里无云，

寂寞之中，我终日坚守在

一颗静待发芽的种子旁。

在它萌发的瞬间，

让我在惊讶中忆起

昔日走过的五月。

2018.6.2，6.9 定稿

沙河（组诗）[①]

（一）

汽车驶过盘旋的立交桥，

睁开惺忪的双眼，

我抵达了沙河；

青葱的树木掩映着稻田，

欢声笑语是青春的歌。

（二）

行走在队伍中，

踏着不平的道路，

寻找陌生的去处。

① 沙河是初中学农实践基地。因身体原因，一周的实践活动只参加了两天。

炎热的午后，
震动的噪声响彻天空。

（三）

窗外的草细如丝线，
混乱之中，偶然间
我在沙沙的白杨树下
听到了家的声音，
亲切的影子
又重现在心上。

（四）

飞机飞过天空，
掀起云层的波动。
不安的动静
隐藏在潮湿的角落里，
我内心深处的恐惧
被锁在了笼中。

（五）

不眠的夜晚弥漫着乡村的气息，

我在黑暗中独醒，

寻找熟悉的身影；

我不惧长夜，而是惧怕

黑暗来临前最黯淡的光明。

（六）

热风中飞扬的灰尘

模糊了我的视线，

在最短的旅程

突然结束的瞬间，我看见

蓝色花朵的蓓蕾，

随夜间树林里凄厉的声音

被埋葬在田间。

（七）

曾经被埋葬的蓝色花朵

在多年后的夏天

一夜间开遍原野，

而泥土坚如磐石。

幽香之中，多少人在讲述

一个传奇般的故事。

2018.5.15，6.19 定稿

雨季

流浪者在橄榄树下徘徊，
是谁以冷峻的目光预示着我
一场新的开端似乎是错误。
哭泣之中，我无力的呐喊
有如阵阵波涛，一瞬间涌入
雨季里封锁的河道。

隐形的碎片在分解，
影子在无形之间将他们传递；
那不可抗拒的狂风，注定了
我必将经过的长夜。

在暴风雨来临前的傍晚，
我忘却了心中的故事，
终于不再书写诗中
传奇般的结尾。

我在曲折的迷宫里奔跑，

寻找一路上遗失的细节。

黑色的巨石在十字路口

迎风雨屹立，

我一路向前，走入雨的深处。

2018.6.8—12，6.18 定稿

绿萝茂盛的时节

——致陈菡青老师

伫立在走廊的转角，
告别的时刻到了，
这个夏季绿萝正茂盛。
出乎意料的音讯传来，
暗淡的灯光在瞬间熄灭。
潮热的空气中渗透阵阵阴冷。

在转身之际仰望晦暗的天空，
忽然忆起
曾经躲藏在绿萝叶片后的我。
记忆如绢本设色的画，
让我用明亮的色彩覆盖阴影，
画下旅途中的人
沐浴在阳光的澄明中。

离别之后，

热风吹散了云雾，

露出山的巍峨。

我带着平静的笑容越过山岭，

岩石夹缝中的野草在生长，

荷花香远益清。

2018.7.11

抚松

松花江的水枯了，
泥沙被潮热的空气侵蚀。
我思索即将开始的旅途，
江畔看不见歌声中的历史。

北山脚下的天晴了，
融化的松脂在流淌。
我在缠绕的草木之间
寻找开花的植物，
若隐若现的远山预示着曙光。

2018.7.27 于抚松

噩梦

午夜的安魂曲响起了，

复仇之神在黑暗中静穆；

火苗在花园中蔓延，

狂风袭来，咄咄逼人。

这一瞬，无数双眼睛审视着我，

发出强烈的责问。

闪光的骷髅在旋转，

影子有节奏地在窗帘上移动。

乐音飘渺，谁在天上

用琴声怀念着谁？

我的眼前烟雾缭绕。

2018. 夏至，9.2 定稿

梦回临安

黑暗的浪潮涌向地平线，
细碎的乐音随风而来。
我写下寄予远方的信笺，然后
将它们装入记忆的漂流瓶，
小心翼翼地投入运河中。
在北方的港口向南望去，
我的心有如等待出发的船：
向往一段旅程，也无端认为
旅程中将拥有一次属于我的相遇。

沿运河一路采风，终于在夜晚
我经历了那不为人知的抵达；
只记得船在灯火和月光中来往，
风中飘来桂花米酒的气息，
水草在河底相互缠绕，
桥头《春江花月夜》的歌声。

似乎所有的一切，是生活送来的祝愿；
所有的抵达，是故事的开端。

恍然间我发觉，脚下
是一千年前的临安古城。
我失去了自己的归属，
成为一个诗中的角色。

雨后走过泥泞的长街，
好像有人迎面匆匆而过；
我回过头时，隐约感觉到，
这里有似曾相识的人
好像在孤独之中等我。
也许，我也从他的身边经过，
我会是他心目中那
撑着油纸伞的姑娘，飘过雨巷，
宛如一株丁香。

我远望他青色的衣襟和玉佩，
他的眼睛里微缩着一幅地图，

站立在湖的中央，

好像我们相隔无法接近的距离。

当他和我一同走过雨中的西泠桥，

他说，我们曾在梦中相识，

少时的我是快乐的采茶女。

他喜欢西湖中白莲的素雅，

我欣赏墙角凌霄花的闲情。

他在垂柳的枝条下向我诉说

昔日奔波的旅途：

少时的他，来自九溪烟村，

曾独自西迁至阳关外，

无人为他斟满一杯酒，

只有望着沿途风沙里的白杨。

他告诉我，玉门关外没有春天，

太阳的影子沉落在孤城；

沙漠拥有一番奇幻的景象，

他行走在海市蜃楼中的殿阁之上。

他沉浸在往事中，以微笑

指引我乘船渡向彼岸。

我在船头看荡漾的水波，

他在船尾以水墨勾勒六和塔的倒影。

我饮尽他为我酿制的酒，

他凝望着我，以目光传递一份情。

小舟停泊在湿润的芦苇旁，

起雾的午后，他在净慈寺外和我相别。

安静中一丝炎热的躁动里，

他走了，回望临安七月的天空，

白色的莲如同为我绽开，待到明年

又一个白莲开满西湖的时节，

他会不会依旧出现？

在西泠桥上听雨时，他会不会

像初次相遇时那样出现在原点？

每当起雾的日子到来，

我会身着初遇时的衣衫

倾听南屏的晚钟。

终于明白，我只是不经意间

闪过他头上的一片天空。

潮水涨了又落，碧绿的湖心岛
埋没在水中。偶有小舟静静划过，
船上对饮的人在沉默；
每一杯酒都是无言的爱，
却在饮尽之后的转瞬间
让彼此成为最熟悉的陌路人。
烛光透过微小的石孔，
洒在湖上—— 一片金色的朦胧。

我奔跑在九溪十八涧的盘山路上，
踏着他留下的足迹
将种子播撒在茶园里，
寻访山上的烟村。
在林海亭小憩时，
又忆起已走远的他，
第一次开口呼唤他的名字——
是一条河流古老的名称；
却听走过的采茶女在感叹：
今日的天，不及往昔蔚蓝……

才意识到临安古城是一个梦，

当所有的颜色流出我的视线，

桥头的歌声仍余音袅袅，

而灯光已熄灭。

深远的黑，透明的蓝，

一抹淡青，一点银白，

运河畔的黎明到来了，

多少水乡人家在吟诵

他的前世，我的昨夜。

2018.8.2 于杭州，9.2 定稿

危急时刻

燃烧的火焰在主干道，
我的名字写在支路。
烈日之下，地面上的阴影
遮掩了我的去处。

夏末的街上，
鸣笛是不安的预感；
发热的符号
传递光与能量。

2018.5.30，8.29 定稿

信

是不是冬天要到了？

一别多日，我被封锁在偏僻的院中。

我的心在苦咖啡的回味中颤抖，

今夜独自听风的怒吼。

我的生活像一座无边的舞台，

所思所想是早已限定好的台词；

锦缎织起的华服挡不住严寒，

我任由刺骨的风迎面袭来。

有时觉得自己是悲剧中的角色，

但又看不清，或者不想看清属于我的结局；

我在演一场无人观看的戏，

但又要带着僵硬的笑，强作平静的面容，

尽我所能演绎“完美”。我多么希望

找到一片属于我的天空。

当我睁开充满睡意的双眼，

我看见蜘蛛网密布在沾满水渍的窗户上，

我看见钟表的指针飞速运转，

我看见悬挂起来的指南针偏离了方向；

自从到了这偏僻的小院，

从大门被锁上的那一刻起，

我就不知身处何方，

请快来吧，让我找回心中的磁场。

在幻觉中总看到惊悚的一幕，

一团黑影吞噬了我。

寒气中传来哭声，我知道

他们是迷路的人，失去了归处，

在请求上天的垂怜；

他们的影子转瞬间消失了，

我在惶恐之中看那路面上飞扬的尘土。

或许还是会有那么一天

我能挣脱这把生锈的锁，

可我不确定次年里

能否抵达那无意之中约定好的地点。
我在夜里盼望黎明的到来，
默念昔日许下的承诺。

是不是冬天还漫长？
就让今夜的风为我当信使；
请不要责怪我在信中写下的
冒昧无礼的称呼。
最后一支蜡烛的余温尚未褪尽，
我借风寄出了信，然后回到黑暗的屋中；
此刻我与明亮的月光只隔一堵墙。
无论你能否收到我的信，
今晚我们用心共享天上的月亮。

2018.11.4，2019.6.30 于绍兴定稿

前行

我不愿直视窗外的夜空，

在接近梦境的时刻，一双记忆中的眼睛，

无形地悬挂在高处，移入我的视线。

你在何处？这时我仿佛听到

你在轻声叫我，想到你的温柔，

还有那从没有愠色的面容，

我忽然惊醒，凌乱的辫发

飘散在冰冷的磁石之间。

我想过，假如有一天

我化作沙洲上的一座石像，

就请你将我永远忘记；

而在此之前，在每一个我能听到生命

跃动的节奏的瞬间，

我决不会等待，在原地停滞不前；

你说过最短、也是最重要的语句，

成为行进之中一道密令。

此时我忽然想起，

你曾经借千古传诵的佳句，用自己的语言

为我讲述蚕蛾化蛹的故事。

记得那明亮得发白的三月天，

你面向狭窄的空间里朝阳的窗户，

面带一丝浅浅的微笑，

告诉我蝴蝶在展翅翩翩之前

必将在阵痛中经历一次蜕变，

此生，才有机会用鲜艳的色彩让天空灿烂；

我的心，在冻结之后又复苏，

宛如凤凰涅槃。

当我写好信中最后一个字的瞬间，

晶莹的泪珠凝结成冰，

掉落在这残破的纸上。

黄叶飘零，今年的秋景

似乎因漫漫旅途而失去了意义；

愿你安好，我会等待你的回信。

伴随古曲的旋律，让我在

银杏叶化为泥土之际，

停下脚步，怜惜它最后一抹金黄。

2018.11.18，2019.6.30 于绍兴定稿

新年钟声

这是新的一年，新年钟声
敲响得太急，以至于我
来不及吹灭蜡烛许愿；冬日里
最黑暗的一天已远去，尽管脚下是
残雪封冻的路，然而寒风终究
抵挡不住春天翩然而至的脚步。

大楼的最高层
灯丝在灼烧之中忽然断裂，
午后的日光
洒在密闭空间的角落，
照着初绽的生命之花，永不凋谢。

微弱的电波穿过我的神经，
激起阵阵隐痛。
当地面上驱之不散的黑影

占据了视线，我看见

火花相互碰撞，点亮一片天空。

2019.1.5，2019.6.30 于绍兴定稿

大兴善寺

敬三支香，仰望菩萨
慈悲的眼里散发的金光，
他伸出引渡的手
施舍我以无量的希望。

默许心愿，文殊殿里
香火熏不热空气的寒冷，
我的心有如檐下
那盏长明不熄的灯。

2019.2.3 于西安，2019.6.30 于绍兴定稿

除夕

今年的除夕安静又冷清，
似乎节日淡忘了我；
树枝在窗前随风摇晃，
扰乱了静中沉淀的念想。

在农历新年到来之即，
饮尽杯中的黄桂稠酒，
微带一丝“醉意”。
我看见心中的烟花悬在半空，
引燃舞台上的幕布，
却照亮剧中深夜里的黑洞。

2019.2.5 于西安，2019.6.30 于绍兴定稿

错过的雪

早晨，准备返程了。

家人说，快走吧，

西安就要下雪了。

站台在脚下缓缓移动，

好像告别得匆忙，

好像离开得太早，

好像仍有半句未说完的话……

好像有太多个“好像”，

遗落在列车开动前的一分钟。

晚上，即将抵达了。

我说，不急吧，

北京的雪刚刚错过了。

2019.2.10，2019.6.30 于绍兴定稿

元宵节

安静得太久了，恐惧
蔓延在层层绿色的空间；
正月十五的夜晚，昨日梦中的雷声
仍回荡在耳边；
站立在摇晃的地图前，
愿无声的文字被夹在沉重的书中，
不要将那心底的往事触痛。

沉默得太久了，冲动
在早春到来之前渐渐膨胀；
飞蛾蔑视黑暗，
终有一日将扑向炽热的灯，
结束短暂的生命。
此刻，元宵节的花灯被逐一点亮，
而阴影却覆盖在
目光注视的伊洛瓦底江。

2019.2.24

海慈寺

今年的六月，我回来了。
热空气从地面向上蒸腾，
而你的世界是不是依旧寒冷？

也许你会记得夏日的英溪
如一面绿色的镜；
在你我曾经熟悉的连廊
我偶遇了那似曾相识的身影。
我在暴雨滂沱的傍晚
到海慈寺为你还愿，
殿前彼岸花开放的时节未至。
伴随哗哗的雨声，
我默念你教我吟诵的诗。

2019.7.12

2020 年的春天（组诗）[①]

(一) 二月三十日

二月三十日到来了……

如同在地球两极相望，

跨越最遥远的距离，

用目光寻找某种交集。

永远不要期待

那场幻想中的盛典，

最遥远的距离莫过于纸上

立体图形相邻的平面。

2020.2.29

① 组诗中的第（三）（四）（八）发表于《中国校园文学》（青春号）2021 年第 4 期。

（二）挣扎

金属 被打磨掉了

原有的光泽

在试管中 忍受

腐蚀的煎熬

内心 终究淡忘了

最初的誓言

在黑夜里 期待

雨中的阳光

盐水在杯中蒸发

在日光下 又得到

如初的结晶

诗句在心底沉淀

却也无法 再还原

往昔的情形

2020.3.5

（三）血月

好像无人知晓
春天的来临，
因为墙壁
隔绝了三月的温度。

血红色的月亮挂在天边，
暗淡的月光欲穿过
无形的锁，
却不经意间拨动了
春夜里沉重的弦。

2020.3.9

（四）黑夜

今夜，我合上书本，
不敢轻易惋惜
那在生命最后一刻聚集的
分子和细胞，被遗弃在
寒武纪的海底。

在长夜里，没有人愿意

感谢黑暗中微弱的火焰，

只有默默将拳头握紧，

生怕每一声低语

引燃碎纸上的文字。

似乎永远无法测算

记忆中的影

在墙上移动的速度；

一滴泪水试图融化

空中战栗的光束。

2020.3.14

（五）春分

今年的春分，

记忆中比去年早；

但光明始终

难以接近赤道。

今日，太阳神允诺

将光与热公平地赐予

每一个寒冷的角落，

而我的书房里

只有昨夜残烛的余温。

2020.3.20

（六）怨

夜晚。

视线从书籍中移出——

我看见今夜，是昨日的翻版。

是什么，将灵魂与生命剥离，

最终只剩碎片、残渣和阴影？

因为你曾把幻觉中听到的声音

翻译为我的罪行。

2020.3.31

（七）死寂

声波，击碎了记忆中
一个初夏的梦；
时光，将碎片磨成针，
埋藏在心底，成为
不敢用语言描绘的隐痛。

今夜，屋中唯有死寂。
纸上的一字一行，
随心跳加快而倾斜；
书页散落遍地，
此刻，是谁的目光，
冻结了变质的空气？

2020.4.10

（八）身影

她来了！
那年春夏之交，
她将干瘪的种子播撒；

试图用生命的全部
寻找前世记忆里
一株远古时期的草。

她以时间战胜黑暗，
长夜里，天空宛如
掺杂浓墨的死水，
而墨汁浸染了
她一身新制的白衣。

今年春夏之交，她走了，
未能赶上初夏
如期而至的脚步。
曾经的种子腐烂在泥土中，
最后一声叹息
也化为无言的泪。

2020.4.22

(九) 告别

今夜，伴随欢笑，

有的人悄悄离去。

有的人悄悄离去，

或许仅仅如同

被生活导演的戏剧中，

一个不该存在的角色，

趁高潮到来之前默默退出舞台。

今夜，所有华丽的语言

如同浮尘，

失去星星的夜空

再难慰藉那远去的灵魂！

2020.4.23

(十) 尾声

戏散场了。

最后一张照片

定格在那个夏日；
而夏天过去，冬天到来，
冰与雪，将艳阳般炽热的心
埋葬。

我不敢睡去，
生怕呼吸惊动了
潜伏在黑暗中的眼睛——
空气震动，碎屑遍地，
最惊恐的一幕在梦中重演。
但畏惧与沉默，只为寂静
平添一曲挽歌。

2020.4.29

午后的黑暗

午后，暴雨将至，

天空浓云密布；

雷声，让世界

提前进入黑暗。

天黑了，

倾盆大雨冲刷着大气层，

浓云是用时间凝固的泪，

雷声是“逝者”在天上的怒吼。

当雨声渐渐平息，

仿佛一切如同

旁观者口中“荒唐”的梦！

此刻，灰色的光线

带走短暂的黑暗，

又将午后变成白天。

2020.5.21

长夜将要来临

你离开后，长夜将要来临。

窗前的雕像，

静默着，伫立着，

与喧嚣的人群保持距离

它拥有三百年的记忆。

你的目光如诗一般的旋律，

抚平了它被时光侵蚀的痕迹。

分明在梦中隐约看到黎明的曙光，

却在梦醒之时

得知长夜又要来临。

那双早已习惯黑暗的眼睛

已不再畏惧，

可这一瞬为何感觉像是

被某种硬物的棱角触痛了——

我的回忆布满伤口。

此刻，无人倾听我心底的故事，

即便在死寂的屋中

我也不敢出声哭泣，

长夜又将来临了！

我已分不清光明与黑暗的界限，

曾经在黑暗中点亮一丝火光的你

光的传递者

无声地消逝于黑色的记忆。

我在过往的日子

每时每刻都和“恐惧”捉迷藏，

我没有缘由地逃离

任何与“恐惧”有关的地方。

当我终于逃至空无一人的广场，

看见四周被道路环绕，

所有路口都写有标识，

所有路标上的方向皆不是我的去处。

黑暗是牢笼，

我宁愿让无形的锁链束缚自己的身体，

和那群相识与不相识的人一起

面墙而坐；偶尔有光流过，
模糊的影子投射在墙壁上，
我们几乎认定，
眼前的光与影就是世界的全部……

即便认定了，我依然期待
那可见的一点点光亮；
期待你向黑暗播撒光明
照亮我独自藏身的角落。
墙上的影子是三百年前的我，
是另一个世界中，
与我似曾相识的灵魂。

光束穿透稀薄的空气，
伴随诗一般的旋律传入耳畔，
我仿佛穿上了华服
来到天庭起舞；
如果连幻想也被忽略，
那么又将如何以成百上千个
没有感情的符号

填满日里夜里每一分钟？

在光远去之前的瞬间，

寂静胜过一切旋律。

也许你仅仅是过客，

从未看清我的真容，

却和我一样熟知墙上跃动的影；

那时我的心也在跃动。

光远去了，远去之时

引燃我的华服；

众人与光速奔跑，

我在火中重塑了新生。

……

你离开后，长夜将要来临，

只留下记忆中的光。

我远离喧嚣的人群，

静默着，伫立着，

三百年后，我化作窗前那尊雕像，

你的目光是诗一般的旋律，

萦绕在前世之梦中，

却无法抚平时间侵蚀的痕迹。

2020.8.21

你用诗唤醒了沉睡的星星

风，打破窗帘的形状。
如同那夜凌晨到来之前，
一切事物抛弃了我；
风中，隐藏着
一张失眠的脸。

但那不是最黑暗的时刻，
因为你用诗
唤醒了沉睡的星星。

回忆
是日复一日
静待词句破裂的瞬间，
还有仓皇中
我们迎面而过的交集。

今夜，我重温你吟诵的诗，

此时夜空做了大地的陪衬，

地平线的方向

忽然闪现出生命的光。

2020.8.31

爷爷

穿过错乱的时区
残缺的地图上
唯独遗漏昆明的定位。
目光在裂痕之间搜寻，
这时，我听见
爷爷在呼唤我的名字；
爷爷坐在客厅的桌前，
桌下的电热炉散发着寒气。
爷爷听不到我回应的声音，
封闭的空间
在冷空气中冻结。

是梦。
昨夜，我从梦中惊醒。
即使今日在学校里，
梦中的场景

仍如黑白电影一般

在脑海中回放；

课堂上的语言

隐约预示着悲剧，

面对书本，

我莫名在突然之间

看不清纸上一行行字迹，

只感觉平静之中

有一股气流波动……

如往常一样，放学了。

当我回到家中

瞬间，仿佛我的眼睛里

一切色彩都消失，

一切事物都变得静止，

一切影像都离我远去……

是梦吗？不，

就在我的脚步

无法再向前移动的瞬间，

在我的意识

屏蔽了所有声音的瞬间，
在我以为当下正在发生的
仍是噩梦的延续的瞬间——
这时，惊闻音讯：
爷爷已与世长辞！

换上朴素的衣衫
我赶飞机前往昆明。
最突然的旅途
开始于今晚的“突然之间”；
不知爷爷这一生的旅途
在行至终点的时刻
是不是没有痛苦？
没有遗憾？

飞机在日界线上空
穿梭了一千次，
人们以假想的日界线
划分今天和昨天，
如果这样，那么

是不是也可以让时间
倒退回一千个“昨天”？
偶有颠簸的气流
阻断我的幻想，
透过玻璃，我依稀看见
爷爷的微笑；
记忆停留在一个春节的早晨，
客厅里，爷爷微笑地看着
桌前伏案写作的我，
寒潮来袭的家中
桌子底下，电热炉
隔过那张红色棉绒桌布
传递阵阵暖意，
我们讨论着窗外
是银桦树还是尤加利树；
在没有雨的冬日
爷爷为我讲述《昆明的雨》
和《昆明的雨》背后的故事……
爷爷用他的一生，
见证了半部史书。

万米高空之上，

一颗没有名字的星星

在黑暗中遗世独立。

在童话里，逝者

安详地辞别人世之后，

将化作一颗

点亮夜空的星，

在漫漫长夜中陪伴他的亲人。

黑暗中的云层

夹杂尘埃与颗粒，

不明来路的光线

模糊了我的双眼。

安静的机舱内，

沉睡、平稳与兴奋，

光影之中，无人看到

一位在窗前流泪的旅客。

凌晨，飞机抵达了。

一路西行，

将黑暗的时刻延长。

这时月亮的影子

已向西偏移，

湿润的乌云将要融化。

我的诗，

散落在稀薄的空气中。

爷爷家窗外的

银桦树

伫立在路边，

此刻，和我一起

在深夜里静静沉思。

2020.10.10 于昆明

告别

爷爷，我回来了。

这是第一次在秋天

回昆明，

如果你在，是不是

会给我讲秋天的故事？

也许你只是入睡了，

今日清晨，河畔的

虫鸣衬托着

安静的寒意，我害怕

有一丝不和谐的乐音

会惊扰你的梦。

爷爷，我知道

火光跃动的河畔

绝非你所向往，

放心，很快的，

我要一路护送你

去那个静谧祥和的世界。

盘旋的山路上，

我的泪水凝聚成

飘浮的云，

爷爷，我担心你

看到我流泪的样子

会忧虑。

这里，到了。

爷爷，观音山

面朝滇池，山下

种着伴随你青春岁月的

尤加利树，

我静静走到你面前，

撒下香槟色的

玫瑰花瓣和诗句。

爷爷，此刻

你沉睡着

离开了，

你终于来到

一个没有

操劳、痛苦的世界，

与清新的空气

还有

繁茂的植物相伴。

爷爷，现在

是中午了，睡吧，

阳光洒落在

尤加利树的枝头，

你的离开

是用另一种方式

陪伴我。

2020.10.11 于昆明长水机场

落雪

去年冬日的第一片雪落下，

门，缓缓关闭——

诗人被囚禁在

高空的房屋。

大门落锁的刹那，

诗人知道，一切已经晚了；

此时有太多语句说不出口，

宛如悬浮在半空的雪。

幽居的诗人

将自己的影子藏在雪中；

像雪那般洁白，无声地

落下，在黑暗中不舍得融化。

雪花触碰地面的疼痛

如寒风吹过诗人的心；

雪落在诗人的心上，

扑灭了记忆中最后一团火。

雪花飘落的轨迹

是诗人跃动的心，

但雪的寒冷，封锁了

夜夜等待的音讯。

雪，下了一年。

去年今日，诗人用冻僵的手

在被雪水浸湿的纸上

写下冻僵的诗句。

每一片积雪都封存了

长夜里的记忆，

石墙之间回荡着

孤寂的声音。

紧锁的门，打开了。

门外的世界

早已将诗人淡忘；

带着看不见光与色彩的眼睛

和失去了期待的心，

每时每刻

都是落雪的冬夜。

今日，门外烛光亮起，

诗句

在雪中燃烧——

回到屋里吧，

冬天与黑夜都还长！

2020.12.16

南方

将要启程南方了，

这是冬季的最后一夜；

我欲在书房里为他作一首诗——

他是来自上世纪的旅人。

久坐于黑暗的角落，

沉思着，战栗着，

铅笔在纸上潦草地书写，

有如在空白底稿上勾勒记忆的素描。

我的诗篇只为他而作，

然一字一行，终究被世间

一种无形的力量

丢弃至火中的废墟；

是夜，我握着笔的手在颤抖，

唯恐心中最后一首诗也化为灰烬！

夜深了，混杂的文字布满那
没有星星的夜空，
他的身影如往常一样
出现在最黑暗的时刻；
他说：“黑暗予人以发现光明的眼睛，
长夜是通往黎明的路。”
每每此刻，他说罢后
便消失于沉寂的夜色。

我和他以不同的语言
共享属于彼此的世界，
我们在打碎的玻璃器皿中
重拾了共同拥有的记忆：
他逝去的青春是我已死的灵魂，
器皿中也曾装有色彩和火焰，
而最终，我们的心上
留下了玻璃破碎之时的裂痕。

他眼中的世界是别样的战场，
士兵是窗外的喧嚣，

敌人是记忆中的自己。

好像一切事物都可以在我们

只有问号和感叹号的生活中

变成噩梦，

再现如噩梦般的过往。

明日，我将启程南方，

过了今夜，春天就会到来。

我放下笔，将一首无字的诗

送给他。

起点站有无数和我一样

等待出发的人，

默念一个诗中的名字。

2021.3.14

生

——沙尘天读《报任安书》

沙尘飞扬，我们如同行走在
一幅宋代的画卷中——
我是那被放逐的文人。

流放的路上黄沙满布，有太多
重叠的脚印深深陷入泥土，
所有途经者都曾思索
一千年前的他
是怎样在黑暗的囚室里
书写世间的黑暗？
每一笔都是他历经劫难而不死的灵魂。

我想，生命也许便是
处在死亡的边缘
用信念书写永恒与极限。

2021.3.15

四月一日①

今夜，别离已久的人们
相聚在特殊的节日。

大家在思绪中
来到玉兰树前的礼堂
弹奏钢琴曲——此刻，
所有乐句皆是高潮。

重拾记忆的旋律，
好像再难想起往昔的
一个音符，
它究竟是突破灰暗色调的
光亮，还是
反复回荡在噩梦中的

① 四月一日是北京市第二中学的校庆日。

声波?

我终被节日远离。

2021.4.1

没有名字的城市

火车鸣笛了——
它即将开往没有名字的城市

我置身于成群的旅客
出发了，没有行程，没有方向
我们只能望着彼此陌生的脸

众人在车厢里奔跑
试图追赶火车的速度
而无形的屏障隔绝了我

心随地面一起震动又摇晃
我们无法得知在生命的下一刻
会进入黑暗的隧道，还是
灰色的平原

列车停靠在没有名字的站台

我下了车，选择

将这段行程终结——

此时，新的旅客正准备进站

2021.4.12

重生

一切都终结了

我曾死在史书中的乱世
那时心比刀锋刻入石碑更痛
当我发觉自己竟于早春醒来
倾泻的灰色
漫布在重生之后的世界
我麻木的灵魂似乎瞬间触及到
唤醒沉睡生灵的力量

至此 我获得了第二次生命
隐居之所堆积的史书
写满了残缺的回忆
书页残缺之处是疼痛的根源

常在白天依旧恐惧噩梦中的场景
曾经死过一次的记忆
反复在脑海中呈现
晦涩的诗句填满了
隐士般的岁月
看似华丽的词语
压抑着所有被禁止的情思
深深藏匿强烈的渴望却为世俗不容

后来 我不经意间途经
乱世遗留的废墟
是谁询问我 可曾结识过
一位毅勇的诗人
却不知 那正是曾经死亡的我
四周一片断壁颓垣
是混杂尘埃又凝固了的泪

天空倾泻的灰色随时间
沉淀为漫漫长夜
在宛如乱世的过往

当荒谬的色彩玷污了人的意念

或许选择死亡

是对生命的另一种敬畏

而重生之后的我 活着

只为恪守那个承诺 那句箴言

终于我不再回首过去

一直走进黑暗的漩涡

2021.4. 30

告别1453

早已预料到今夜的到来

中世纪的我们生而为“异端”

在牢狱里，在接过那张死亡判决书的刹那

如果我知晓，这是永久划分黑暗与光明的一夜

或许我会在所剩不多的时间里

静待黑暗在沉默与泪水中融化出曙光

就像教皇宫中伫立的三位女神像

“智德”“节德”与“勇德”

在高处用冷峻的目光俯视

将众人跃动的心石化——

于是此生此世我们被要求

将自己活成一座雕像

我们曾欢喜地接受着传递着

那象征“复生”的符号

任由它炽热的光灼伤眼睛

却无法将温度传导给石化已久的心

此后，让失明的人徒劳唤起对光的向往

又注定只能与黑暗相伴

去追寻从未存在过的光明

沉寂的牢房里回荡着记忆中的呐喊

经文、戒律和“禁欲主义”

压抑、隐忍和禁锢的灵魂

在这最后一夜，最终

我挣脱了锁链，将判决书撕碎——

世间没有人可以假借神的旨意

来评判我的虔诚

碎屑从空中飘落

淹没了对现世欢愉的最后一丝冀望

当我到达比天际更遥远的地方

却不曾预见，新的一年，黎明将至

2021.9.25，2022.1.16 定稿

我在梦里过完了一生

火车停靠在荒废的站台
因为路断了
砾石崩解
是被碾成块儿的十七岁

面前是悬崖
身后是荒原
走向哪里，就像在抉择
彷徨，抑或死亡？

在悬崖边，我祈求神明
帮我实现三个心愿：
我希望这异域的路边
有彼岸花在冬天开放
愿西风可以吹落一朵，带给妈妈——
让她知道我从未真正离去

只是来到人间的彼岸

忘却今生今世的记忆

重生了

从此不必再挣扎于

幻化的恐惧

我希望今日的太阳

可以晚一点落山

好让东边我所爱的人

多欣赏一会儿夕阳的余晖

我想把夕阳烧成烈火

好让他在漫长的冬夜

感知光与热

不要让寒气冻住了

盼望春天的心

这第三个心愿——

如果来世，要走和今生

相同的路

那我希望路上能有

指向南边的树枝

作我的指引

有深夜火车鸣笛的声音

回应我的孤独

天黑了

我在夜色中藏身

把释然的面容

留给云层

2021.10.28

达兰鄂罗木河

我的梦里藏着
达兰鄂罗木河
将要冻结的恐惧

那里曾有流放北方的诗人
在河畔告别了世界
今年冬天
河水结冰的声音
惊扰了他孤寂的碑铭

2021.11.14

犹恐相逢是梦中

——观缪钺先生授课录像

他步履蹒跚
缓缓走上讲台
演绎属于他的最后一堂课

此时他仿佛将自己
活成了宋朝人
一本平摊的油印词集
满载半生的故事

教室里灯光亮得发白
代替了银色的烛火
他含泪吟诵：
“……犹恐相逢是梦中”

后来

很少有人记得那节课

也许就像词的结局

注定不完满

2022.1.17

冬日

冬日里光秃秃的树
用干瘪的枝干
临摹夕阳的影子
测算着冬天还有多久

太阳落山了
黑暗在日界线上空蔓延开来
将日夜期盼的音讯吞没
此时落泪的少女
却只能戴上面具 装作快乐

在失去那座
相传永远没有黑夜的城市之后
才会渐渐明白
史书中光的代名词
是一个美丽又遥远的谎言

2022.2.11

在那孤独的地方（组诗）

(一)

他很少提及自己的老家
因为那个村落
孤独如他的青春——
总有一群人
在年少的时候坚信
只有远行
才能找到真正的生活

直到很多年后
他仍喜欢
把一只钝铅笔握在手中
杂糅惋惜与期待的神情
似在与一群迷路的人讲述
极北之地
夏天是多么难得

每当凝望面前年轻的面孔

他时常想起自己的十八岁

心中的远方

微缩在积雪与土炕之间

夜深了

就点燃煤油灯

稀释黑暗的浓度

最终

他远离众人的记忆

将孤独的指南针

悬挂于

人迹罕至的路边

2022.3.19

（二）

如果失去了心中的远方

那么任何去处

皆可成为归宿

在书本和地图里

我的思绪

与他青春的轨迹重合

迷路之后

我游荡在孤独的北方

厚重的雪

铺成一条灰白色的路

就好像世间的某些结局

早已被规定好了

想必他在十八岁的年纪

也走过这条路——

是从村口到学校

抑或从车站到城市的距离

他的视线里

充满春的迹象

而十八岁的我

只能望着他的背影沉默

然后迷失在惨淡的色调中

唯有雪松可以诠释他的人生

2022.3.27

荷花池（组诗）

(一)

那个来自山城的少年

对水有与生俱来的向往

因为他喜欢流动 空旷和清朗

午后的校园时光

他常常坐在荷塘边

读古人的诗

试图用深邃的词句

来沉淀孤独

(二)

童年时

我与荷塘结缘

那一片坚韧的绿色

是爸爸追忆的青春

长大后

我用颜料画下荷塘

挂在书桌前

多少个夜晚

对着图画

勾勒无人倾听的梦想

还有爸爸的少年时光

今年秋天又见荷塘

终究去晚了一点

只有残荷泣露

那片静止的水域

孕育新生 接纳死亡

好像年年如是

荷塘边

儿时的声音依旧

2022.4

路遇祭奠者

今晚夜色的质地
厚重如水银
在第二个故乡举目四望
却不见你的身影

深夜的火光
联结现世 冥世
二十四点与新的凌晨之交
你我跨越时空
在梦中相见

2022. 清明前夕

看莲蓬向阳而生（组诗）

——记梦

(一)

妈妈说 我的青春
注定要比同龄人
多走过一座城镇

省界线分割了我的青春
长途车停靠在终点站
妈妈给我戴上
茉莉串成的花环
然后
我踏进陌生的校门——
不敢再回头

傍晚的天色
同黑夜做最后的挣扎

直到夜幕终于降临

将一切光源

定义为过去式

(二)

高速公路

将我变成小镇的异乡人

在这个夏天

除了黑暗浓度饱和的夜晚

我一无所有

灰色的校园里

众人奋笔疾书

忙于奔跑和缄默

铁栏杆紧紧锁住窗户

隔绝人生的

最后一种抉择

2022.4.23，5.9 定稿

（三）

那天

有个村姑的女儿

询问我的家在哪里

我紧握着一朵晒蔫的茉莉

哽咽了

她说她要用青春

在这所灰色的学校

改写村里几个世纪

不曾改变的可能

只有这样

才能让年迈的妈妈

走出农田

（四）

课堂上

我撕掉了写错的试卷

那些碎纸

就像过去残缺的一年

天花板

投射出幻象

掺杂往事静止不动的错觉

焦灼的记忆

成为小镇天空的底色

衬托被浓云挤压的黎明

（五）

当生活被固化缩减成

统一的公式

校园里的人们

也都成了答题者

此时

思虑便是禁忌

甚至不能再探索

北风和家的距离

午夜时分

我多想将历史课本中的人物

从书页里搀扶出来

然后问问他

在败光了灯火的夜晚

要怎样用堆砌的竹简

构筑人生

（六）

月亮

孤独地悬挂在校园里

像一滴泪

来自他乡的少女

抚摸着冰冷的铁床架

失眠的夜

与思念一样绵长

远处公路上

有长途车

驶入茫然的月光

（七）

黎明破晓

哨声用战栗指引晨光

操场上攒动的人影

把未来交付远方

晕眩之中

我看见平行世界的自己

在南方大学城的

荷花池边

看莲蓬向阳而生

2022.5.9

未完成答卷

——记一场不能专注的数学考试

考场上

一份未完成的答卷摆在面前

试题中繁复的数字

排布成一条河流

河的源头

一意孤行的身影

将涛声隐去

此时噩梦和预言终成真

我的故事

结束于陌生的河边

终结也罢

故事的尾声注定在

一番焦灼后

残缺

时间不多了

面前未完成的答卷

仍是空白

2022.5.30

告别的季节

穿上丝绸的衣衫
我加快脚步
想快些到达每一处
回忆所及的地方
恐再相见
我已不是昔日的自己

迟了一步——
我和他擦肩而过
就像在
无关爱情的故事中
距离一见倾心最近的呼吸

他的身影
遍布在我看不懂的
符号和公式里

如同渐近线

在无限趋向中注定成为空集

他不辞而别

我在奔跑中寻找

被雨水浸润的记忆

却只找到空无一人的操场

恍然间熟悉的校园

突然变成了

远离磁场的地方

雨中依稀回荡着

那年他弹唱吉他时留下的

孤独之音

2022.6.22

许愿牌

我笃信那个让我初次领会
何为懵懂的爱意的人
一定在去年夏天
到访过大兴善寺——
虽然他不曾向我提及

在我走后
他在寺庙后院拾起我
被风吹落的许愿牌
挂在树枝最高处
然后默默记下我所写的
渺远和虚无
从此他也为我许愿

文殊殿昏黄的烛火
映了香客满面

轻叩的木鱼

是世人在叹息中向神佛求问

何日能渡向彼岸的安宁

2022.6.25

白云和尤加利树的梦

——回忆一节数学课

手中的粉笔

在停滞的思绪中

断裂

我站在讲台上

粉尘飘扬

如同雪域茫茫

那一瞬

教室里的空气

比雪域更冷

我想来日

自己只比同龄人

多拥有一个

萎缩的春天

粉尘之外

有一个人小心地

将断裂的事物

俯身捡起

然后

把它们拼接成

白云和尤加利树的梦

2022.7.2

谜

离别之前再相见

目光在酷暑下

融成温暖的溪流

潜意识里的某种心绪

正如用尽三年

也未解的谜——

可意会不可言传

此时相顾却沉默

想起往日

校园里有一段旋律

深入高墙

瓦解了失意少女

灰色的孤独

今日

仿佛余音仍在

留下对少女

青春的承诺

2022.7.2

云

最初相遇在杂草丛生的岔路口

白杨树的叶片摩擦出热风

他和天边的云彩同时出现

转身的一瞬

眼眸间尽是云的柔情

从此我的梦便与云朵相依

立足云端的他

寄来一张无字的明信片

风景是梦里白云遮盖的城市

直至夕阳下降至地平线下

傍晚浓云退散

在被夜灯挤压变形的走廊

他说我和云一样

与人世间保持某种距离

终于盼到黎明

星辰将天空点亮

当他缺席了那场

同昨夜告别的仪式之后

我仿佛突然明白一首古老的诗

为何要以桑叶隐喻

那最易陷落又遥不可及的朦胧

告别的早晨阳光溢出视线

绵软的云一如初见之时

和夏日的高温相融

离去的一瞬

我刚好错过

人生在循环中的

崭新的周期

2022.7.11

后记：朝海的方向远行

桌上是用岁月堆砌的诗稿

翻开第一页

仓促的琴弓在褪色的记忆里挥舞

音符终止在大脑空白的瞬间

翻页：

我奔跑在陌生的街区

塑料凉鞋灌满雨水

未知的香气刺鼻

掩盖了弱小的年纪里

无力的辩白

翻页：

惨淡的白纸被弃置在

校园里幽暗的角落

每逢烈日必燃烧

所以凤凰才有契机

在我的诗中浴火重生

翻页：

穿黑色长袍的女巫横穿玻璃闯入教室

推倒沉思者的课桌

那时我分不清噩梦与现实

翻页：

曾在夏日化身农妇

众人搀扶着晕眩的我

跨过铁路和麦田

名叫“恐惧”的黑影在身后穷追不舍

翻页：

我看见试管里

沉淀着青春的另一种可能

而透明的艳丽的液体灼伤了皮肤

翻页：

北方小城将我的梦击碎

误解像旅店房间失修的锁

挡不住极寒之地的暑气

翻页：

上世纪的建筑环绕着操场

孤独让我与人群若即若离

辞旧迎新的日子

节目单上的那首歌名叫

《我不希望你孤单地面对整个世界》

我坐在热烈的灯光下哭泣

就像诗句的字里行间总是遗漏欢愉

翻页：

那晚我仿佛穿越到中世纪

幻想接受审判的前夕

住在我心中的青年能赶来

冲破牢房的门

翻页：

梦中我频繁呼喊一个人的名字

但我渴望的事物比梦境更远

翻页：

我在考场上出现过清醒的幻觉

无从下笔的时刻

似有鸣笛和警报声响彻走廊

翻页：

无人能料想到我在儿时停留过

不到一刻钟的地方

是十年后灵魂向往的归宿

翻页：

几经传递又遗失的符节像谶语

注定结局是遥望难及

于是临别前我鼓足勇气

将未了的遗憾托付给素不相识的人

……

终于翻完最后一页：

我想文字比心灵更容易保存

敏感又不愿正视的回忆

诗外的我如草木向阳而生

诗句给予我不为人知的空间

在那里能脱下所有的戏服和面具

行至生命的边界线

高唱只有我能听懂的歌

桌前有另一个身躯也称作“我”

与我共用灵魂

她在南国追随我所追随的

比如游轮 码头 岛屿 和大海

合上诗稿

我也将朝海的方向远行

2022.7.3